◎泰戈尔诗歌精品译丛◎

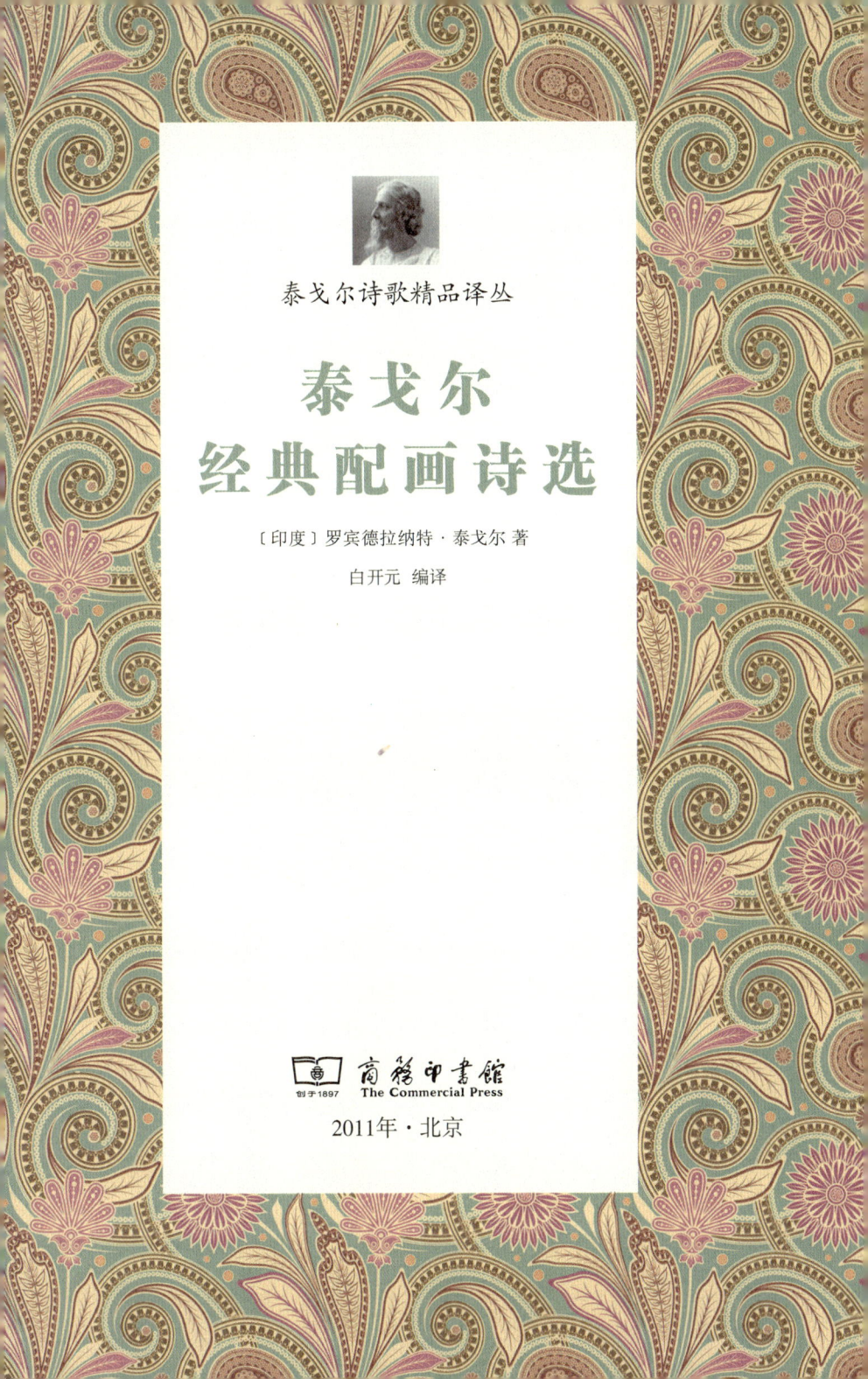

图书在版编目(CIP)数据

泰戈尔经典配画诗选/〔印〕泰戈尔(Tagore,R.)著；白开元编译.—北京：商务印书馆，2011
（泰戈尔诗歌精品译丛）
ISBN 978-7-100-08482-6

I.①泰… II.①泰…②白… III.①诗集－印度－现代 IV.① I351.25

中国版本图书馆 CIP 数据核字(2011)第 138237 号

所有权利保留。
未经许可，不得以任何方式使用。

泰戈尔诗歌精品译丛
TÀIGĒ'ĚRJĪNGDIǍNPÈIHUÀSHĪXUǍN
**泰戈尔经典配画诗选**
〔印度〕罗宾德拉纳特·泰戈尔 著
白开元 编译

商务印书馆出版
（北京王府井大街36号 邮政编码100710）
商务印书馆发行
北京瑞古冠中印刷厂印刷
ISBN 978-7-100-08482-6

| 2011年8月第1版 | 开本 880×1230 1/32 |
| --- | --- |
| 2011年8月北京第1次印刷 | 印张 5⅝ |

定价：35.00元

# 目 录

译者序…………………………………………… 1
太阳……………………………………………… 1
金色的孟加拉…………………………………… 2
泰姬陵…………………………………………… 3
恒河……………………………………………… 4
河的两岸………………………………………… 5
明月……………………………………………… 6
宽阔的胸襟……………………………………… 7
实践……………………………………………… 8
左手右手………………………………………… 9
水草……………………………………………… 10
煤油灯…………………………………………… 11
老少……………………………………………… 12
心愿……………………………………………… 13
议论别人………………………………………… 14
渔网……………………………………………… 15
对话……………………………………………… 16
棍子和木条……………………………………… 17
荒漠和雨云……………………………………… 18

| 晨月 | 19 |
| --- | --- |
| 泥灯 | 20 |
| 同样的归宿 | 21 |
| 长颈鹿父子 | 22 |
| 危崖 | 23 |
| 选择 | 24 |
| 瀑布 | 25 |
| 镜子 | 26 |
| 青山的遐想 | 27 |
| 谦逊的时候 | 28 |
| 纤小的茉莉花 | 29 |
| 如大海环围大地 | 30 |
| 雨云 | 31 |
| 小草 | 32 |
| 飞鸟和云彩 | 33 |
| 在天空一隅的云彩 | 34 |
| 弓与箭 | 35 |
| 根须和枝条 | 36 |
| 真理会被关在门外 | 37 |
| 秋云的充实 | 38 |
| "最佳"从不独自走来 | 39 |
| 叶片的服务 | 40 |
| 系了黄金的鸟 | 41 |
| 轴心默不作声 | 42 |
| 问答 | 43 |

| | |
|---|---|
| 爱情的苦乐 …………………………………… | 44 |
| 处子的心像坚果 ……………………………… | 45 |
| 权势受到嘲笑 ………………………………… | 46 |
| 思想和绿叶一起闪光 ………………………… | 47 |
| 女儿别 ………………………………………… | 48 |
| 吻 ……………………………………………… | 49 |
| 胴体 …………………………………………… | 50 |
| 丰乳 …………………………………………… | 51 |
| 梦,心灵的水晶 ……………………………… | 52 |
| 只计算瞬息的蝴蝶 …………………………… | 53 |
| 梦鸟 …………………………………………… | 54 |
| 火花 …………………………………………… | 55 |
| 我的深爱 ……………………………………… | 56 |
| 春意催绽满枝新叶 …………………………… | 57 |
| 曙光 …………………………………………… | 58 |
| 云彩是岚气的山脉 …………………………… | 59 |
| 旭日 …………………………………………… | 60 |
| 等候曙光归来 ………………………………… | 61 |
| 凄清的巢里 …………………………………… | 62 |
| 爱情是心灵的食粮 …………………………… | 63 |
| 游戏室 ………………………………………… | 64 |
| 苏醒的朝日 …………………………………… | 65 |
| 欢乐曾遨游天际 ……………………………… | 66 |
| 冷笑 …………………………………………… | 67 |
| 萤火虫 ………………………………………… | 68 |

高山 …………………………………… 69
离情之灯 ………………………………… 70
古木 …………………………………… 71
花朵好似微语 …………………………… 72
神庙 …………………………………… 73
哦,爱情 ………………………………… 74
苦恋之火 ………………………………… 75
晶亮的胸饰 ……………………………… 76
暮空 …………………………………… 77
夕阳染红的田野 ………………………… 78
真理之河 ………………………………… 79
蜜蜂采蜜 ………………………………… 80
征帆 …………………………………… 81
永恒的光明 ……………………………… 82
无声的含义 ……………………………… 83
平原支撑着江河 ………………………… 84
含苞欲放的素馨花 ……………………… 85
柔弱的灯火 ……………………………… 86
海洋哽咽 ………………………………… 87
蝙蝠 …………………………………… 88
爆竹 …………………………………… 89
阳光的极限 ……………………………… 90
低下头去 ………………………………… 91
把痛楚当作明珠 ………………………… 92
云天的吻雨 ……………………………… 93

| | |
|---|---|
| 点燃灯烛 | 94 |
| 倾吐芳思 | 95 |
| 心灵之星 | 96 |
| 祝福幼苗 | 97 |
| 欢翔的鸟儿 | 98 |
| 果实的心里 | 99 |
| 心曲的泪泉 | 100 |
| 情曲的回忆 | 101 |
| 蒙面的幽泉 | 102 |
| 绿叶上的故事 | 103 |
| 思恋的电光 | 104 |
| 不同情调的乐曲 | 105 |
| 正视荆棘 | 106 |
| 细浪的交语 | 107 |
| 泄露繁星的情语 | 108 |
| 赠给林荫清脆的诗行 | 109 |
| 专一的爱 | 110 |
| 黄昏之舟 | 111 |
| 弯弯的新月 | 112 |
| 痛苦之灯 | 113 |
| 金色花 | 114 |
| 晨曦的双目微启 | 115 |
| 荷叶手掌上的题词 | 116 |
| 林花盛开 | 117 |
| 花苞口含诺言 | 118 |

红霞为草叶妆饰露珠……………………………………… 119
爱情色彩缤纷……………………………………………… 120
爱情的欢愉………………………………………………… 121
香气泄露藏身之地………………………………………… 122
爱情花的字母……………………………………………… 123
讽刺太阳非常容易………………………………………… 124
春神的使者………………………………………………… 125
和风问荷花………………………………………………… 126
"完美"绽放花朵…………………………………………… 127
心海卷涌出珍珠…………………………………………… 128
落水的花朵………………………………………………… 129
弃世的梦鸟………………………………………………… 130
希望的大厦………………………………………………… 131
"美"的琼阁………………………………………………… 132
为孔雀担忧………………………………………………… 133
不可削斫真实……………………………………………… 134
美的长链…………………………………………………… 135
金灿的晨曲………………………………………………… 136
花的绚丽在果实心里……………………………………… 137
暖融融的祝福……………………………………………… 138
遗忘了的悲痛……………………………………………… 139
萌发新绿…………………………………………………… 140
一双纤足在小径上走过…………………………………… 141
谐音的对联………………………………………………… 142
暮云………………………………………………………… 143

| | |
|---|---|
| 始末 | 144 |
| 不把姓名写在天幕 | 145 |
| 喃喃絮语 | 146 |
| 让生命鲜花一样绚丽 | 147 |
| 把世界读错了 | 148 |
| 我们彼此是相爱的 | 149 |
| 大神还没有失望 | 150 |
| 生命之灯 | 151 |
| 万世长存 | 152 |
| "不足"苏醒 | 153 |
| 不管彩虹多么宏丽 | 154 |
| 名誉的高处 | 155 |
| 不朽 | 156 |
| 给暮空以色彩 | 157 |
| 燃烧的木头 | 158 |
| 生命之岛 | 159 |
| 我已爱过 | 160 |
| 赠梅兰芳 | 161 |
| 赠徐志摩 | 162 |
| 赠林徽因 | 163 |
| 我有一个中国名字 | 164 |

# 译　者　序

## 一

罗宾德拉纳特·泰戈尔(1861—1941)是驰名世界的天才大诗人。1913年,他以《吉檀迦利》这部诗集荣获诺贝尔文学奖。

在泰戈尔姹紫嫣红的诗苑里,哲理诗,是一株散发着幽香的奇葩。泰戈尔的哲理诗,以精致巧妙的构思、耐人寻味的蕴藉、优美流畅的韵律堪称经典,历来为印度、孟加拉和世界各国读者所喜爱。

泰戈尔的孟加拉语哲理诗,成书的有三集,即《尘埃集》《随感集》《火花集》。其他诗集中也有一些零星篇什。此外,荟萃翻译、改写和创作的短诗的《飞鸟集》,亦可称为哲理诗集。

## 二

作为一位杰出的爱国者,泰戈尔的诗作中,不乏抒写对祖国母亲的赤子之情和对民族独立的憧憬热望。泰戈尔所处的年代,印度人民处于水深火热之中,生活极其贫困。帝国主义国家不断发动侵略战争,扩张势力范围,残酷奴役剥削殖民地人民。面对着妖魔狂舞,泰戈尔写道:"在黑沉沉无底的静夜的海面,像漂浮的彩色水泡,曙光无限地伸延。"(《曙光》)诗中洋溢着对人类未来的乐观情绪。诗人预言:"颓败的凯旋门訇然倾圮,废墟上,孩子们在建造游戏室。"(《游戏室》)两个对比鲜明的意象,表达了诗人对进步力量战胜反动势力、光明取代黑暗的坚定信念。

泰戈尔不少哲理诗,与格言、警句、箴言相似。如《选择》《谦逊的时候》《真理会被关在门外》《点燃灯烛》《低下头去》《不可削斫真实》等等。诗人把对社会对历史的深刻认识和人生体悟,融入具象,形成诗美形象。《左手右手》以人们习见的现象,说明一个深刻的道理:真理永远是真理,就像身躯急速旋转,一时看不清左手和右手的位置,但旋转一旦停止,右手永远在右边,左手永远在左边。真理有时被掩盖、被歪曲,但真理是永远篡改不了的。需要长篇大论阐明的这个道理,诗人仅以两行诗就说得清清楚楚,显示了高度的艺术概括力。

类似于寓言的哲理诗,通过动物、植物的对话或情态描写,歌颂真善美,贬斥假丑恶,间接地反映社会现实以及人际关系。《瀑布》《雨云》歌颂鞠躬尽瘁的献身精神。《轴心默不作声》中的轴心、《秋云的充实》中的秋云和《暮云》中的暮云,都是无名英雄、甘为人梯者的化身。《问答》讴歌默默奉献、不求回报的坦荡胸襟。《小草》《叶片的服务》是对在平凡岗位上勤奋工作、不追求功名利禄的人的高贵品质的赞美。《宽阔的胸襟》《祝福幼苗》《暖融融的祝福》表现的是爱护弱势群体的高尚行为。《弓与箭》《根须和枝条》的寓意是:社会中有分工不同,但没有贵贱之分,人与人之间存在着彼此依赖的关系。《蝙蝠》中蝙蝠的嚷嚷和《爆竹》中爆竹的狂言,暴露了某些守旧派与真理为敌的顽固立场。《实践》暗寓对眼高手低、不学无术者的善意嘲讽。《河的两岸》告诫人们不要想入非非,这山望着那山高。《水草》中水草的自白，蕴涵对孤陋寡闻、目光短浅者的批评。《冷笑》中鲜花的冷笑，展示心胸狭隘者的妒忌心理。

《火花》《萤火虫》《燃烧的木头》等篇什，提醒人们珍惜生命，鼓励人们在短暂的一生中做出光辉的业绩。《阳光的极限》试图说明伟人也有欠缺和不足。

《青山的遐想》《晶亮的胸饰》《美的长链》《倾吐芳思》《喃喃絮语》《云天的吻雨》《情曲的回忆》《花苞口含诺言》等短小诗作，类似我国的无题，或寓情于景，或托物寄情，表达诗人的瞬间感悟。这些诗与给中国的梅兰芳等名人的三首赠诗一样，背后都有一个动人故事。但究竟在怎样的特定环境中，委婉或率直地对何人表达了怎样的情感，却因资料匮乏，难以诠释。不过，这些佳作语言清丽，意境幽美，诗意醇浓，仍给读者以美的享受。

泰戈尔博学多才，他的哲理诗题材广泛，涉及生命、人生、爱情、自然、社会、历史、世界、文艺……总之，他的哲理诗，可谓探索世界的总结，是一本人生阅历的简易百科全书，能给读者以有益的启示。

## 三

泰戈尔哲理诗的突出艺术特点，是采用拟人手法，别具匠心地营造、构建意象，将抽象深奥的哲理，化为真切鲜明的形象，极大地增强了诗的感染力，易于引起读者的共鸣。例如："花苞口含／林野／悠长的诺言。"诗人信笔勾勒的画面是那么清雅，花苞象征着生机勃勃的新生力量或新生事物，悠长的诺言预示光辉灿烂的未来。花苞从林野获得充沛的营养，一朝开放，便呈现为万紫千红的美景,那是人们向往的人间天堂。当然,这生动意象蕴涵着丰富的内容,抑或别有寄托,它留给了读者施展想象的广阔天地和审美创造的充分余地。这种高超的写意技法,来源于印度诗歌的悠久传统,得力于对异域诗歌的借鉴。泰戈尔在《随感集》序言中写道:"本集中的作品,是访问中国、日本时开始写的。外国友人要我在他们的纨扇、签名本和手帕上题诗,这便是这些短诗问世的缘由。此后,在国内和其他国家,我欣然接受了同样的要求,渐渐地,这样的小诗多了起来。其主要价值在于以题写的形式所进行的友好交往。自然,友好交往不独体现于手写体,也体现于迅速抒写的内容之中。"

泰戈尔创作哲理诗,大概从日本的俳句、中国的律诗中得到过启示。泰戈尔访华时曾和徐志摩深入讨论诗歌创作。徐志摩夫人陆小曼的回忆文章中写道:"他们谈诗一谈就是几个钟头。"泰戈尔十分喜爱中国的古诗。他在《现代诗歌》一文中引用了英文翻译的李白的《山中问答》《长干行》《秋浦歌》(十三)《夏日山中》等四首诗,赞叹道:"题材很普通,但洋溢着情味。"他给中国友人的赠诗,就音节而言,带有律诗的明显痕迹。所以若说他的哲理诗曾汲取中国诗歌的营养,也许不是毫无根据的臆想。

20世纪20年代,泰戈尔的《飞鸟集》译成中文,对正从旧体诗的束缚中奋力挣脱出来的我国新诗的发展,起过推动作用,对我国几代诗人有过程度不同的影响。著名作家冰心曾说:"看了郑振铎译的泰戈尔的《飞鸟集》,觉得那小诗非常自由,就学那种自由的写法。后来写得多了,我自己把它们整理成集,选了头两字'繁星'作为集名。"新诗先驱郭沫若宣称他文学生涯的第一阶段为"泰戈尔式"。赴印度参加亚洲诗会的青年诗人陆萍在她的文章《印度行》

中说:"泰戈尔那些充满哲理和情感的诗行,多少年来,令我如痴如醉如狂。"

泰戈尔的哲理诗,可以说是近代中印两国诗歌艺术互相交流、互相借鉴、互相促进的范例。

## 四

泰戈尔写过五首与中国有关的诗。

1937年,泰戈尔阅读报纸,得知日本士兵在佛教寺庙举行祭祀,祈祷胜利,不禁怒火中烧,挥笔书写了收入《叶盘集》的名作《射向中国的武力之箭》。诗中谴责日本军队在中国烧杀抢掠的滔天罪行,揭露日本军国主义的凶残本性和礼敬佛陀的虚伪。为了支援中国人民的抗战,诗人还抱病率领国际大学艺术团在加尔各答进行义演,呼吁印度人民向中国提供各种形式的物质援助。这首诗生动体现了泰戈尔对中国人民的真挚情义。

另外四首诗是:《我有一个中国名字》和三首赠诗。

1924年,泰戈尔访问北京时,观看了著名京剧表演艺术家梅兰芳演出的《洛神》。次日在为诗人举行的送别宴会上,梅兰芳请泰戈尔题诗。诗人欣然命笔,在梅兰芳的一柄纨扇上写了一首小诗。这首诗表明泰戈尔观看京剧,朦朦胧胧地获得了美的享受,也道出了由于语言的障碍,难以完全理解人物复杂的内心世界,难以充分领略京剧艺术真谛的一丝遗憾。

泰戈尔访华,徐志摩和林徽因是他的翻译。翻译之余,徐志摩不仅与他畅谈人生,交流文学创作的心得体会,也对他诉说爱情方面的苦恼,言谈中间仍流露出对林徽因的爱恋。离开北京前,泰戈尔应林徽因的请求写了一首赠诗。这首小诗中把徐志摩喻为蔚蓝的天空，把林徽因喻为苍翠的森林。在泰戈尔的心目中，他们是高贵而纯洁的，但他们中间横亘着难以逾越的障碍，只能像天空和森林那样，永世遥遥相望，永世难成眷属。泰戈尔把自己比作好心的清风，清风的喟叹中流露出当不成月老的无奈和惆怅。

1929年，泰戈尔结束在国外的讲学，回国途经上海，在徐志摩家小住，临别前，泰戈尔用孟加拉语写了一首赠诗。这首诗借景抒情，樱花纷纷飘零的凄凉景象，反映诗人在美国、日本沮丧失望的心情。徐志摩夫妇对他的敬重，生活上的体贴入微，以及切磋诗艺给他带来的欢乐，则从似谙人间的映山红鲜艳的花瓣上显露出来。

泰戈尔晚年经常怀念中国的锦绣山河和结识的中国朋友，距他谢世仅6个月的1941年2月21日，他以饱含思念之情的笔墨写了一首自由体诗《我有一个中国名字》。1924年泰戈尔访问中国，适逢64华诞。5月8日，北京"讲学社"在天坛草坪为诗人举行祝寿仪式。梁启超为诗人起的中国名字是"竺震旦"。中国称印度是"天竺"，而古代印度称中国为"震旦"。中印合璧的这个名字，是对诗人为促进中印文化交流所作贡献的充分肯定。

## 五

编译这本配画诗的起因，是笔者在网上看到我国有些热心读者出于对泰戈尔诗歌的热爱，把他的14首短诗印在鲜花或植物上。无独有偶，外国读者也把他几首英语诗写在风景图片上。虽然，画与诗的意境并不完全吻合，却让人阅读时获得视觉上的美感。笔者从中得到启发，择译了164首诗，配以与内容大致契合的图片，力图使抽象的意境变得真切生动，以便读者品味意蕴，得到美的享受。

这164首诗选自包括《尘埃集》《随感集》《火花集》在内的几个孟加拉语诗集，以及英语诗集《飞鸟集》。原作只有《尘埃集》中的诗有题目，其余诗的题目是笔者加的。个别诗行较多的诗，酌情排成了散文诗，以便配置图片。

光阴荏苒，今年5月7日是泰戈尔诞生150周年。去年5月，在印度总理辛格的主持下，印度政府启动了为期一年的纪念活动。上海世博会期间，印度总统普拉蒂巴·帕蒂尔访问中国，专程前往上海，在南昌路为泰戈尔铜像揭幕。中国纪念泰戈尔诞辰150周年活动由此拉开了帷幕。笔者编译这本书，特意收入诗人创作的四首与中国有关的诗，以展示诗人与中国文化名人的友情，回顾诗人对中国人民的深情厚谊，并以此对诗人表达由衷的敬意。

白开元

2011年2月

# 太阳 | 1

啊,太阳,我的朋友,
我知道你坐在莲花中央,
披散的发丝金光闪闪。
催醒万物的梵音
飞自你怀抱的燃烧的琴弦,
啊,太阳,舒展你光的金莲!
啊,太阳,举起你铮亮的巨钺,
劈开饱盈泪水的苦难的乌黑云团!

## 金色的孟加拉 | 2

金色的孟加拉,我爱你!
你的碧空,你的和风,
永远在我心里吹奏情笛。
啊,母亲,
你春天的芒果花香使我陶醉,
啊,母亲,
你丰熟的田野,
我看见洋溢着甜蜜的笑意。
啊,母亲,
我决不容从异域舶来的绞索
作为你颈上的首饰。

# 泰姬陵 | 3

沙杰汉①——威震印度的皇帝,你知道青春、生命、财物、声望无一不在时光的流水里漂逝。你只祈告你内心的哀痛长留人世。你任霹雳般的王权如短暂的血红的晚霞在梦魇中幻灭,只愿你一声长长的叹息日夜萦绕,使青天为之悲切。你任敛集的金银珠宝湮灭,像空濛的地平线上的流岚和雨后天空的一道彩虹。你只希望你滚落的一滴老泪千古湿润时光的秀额——皎洁晶莹的泰姬陵。

---

① 沙杰汉是印度莫卧儿王朝第五代帝王,他按照王后慕玛泰姬·玛哈尔的遗愿,修建了世界七大奇迹之一——泰姬陵。

# 恒 河 | 4

啊,恒河,从长生不老的湿婆的发髻,滔滔不绝的甘霖时刻降临凡世。人们在两岸的圣地盼望你的祭品,啊,恒河,你是生命的形象,你流经的地方,荒原的昏睡消散,荡起苏醒的波澜,泥土的院落里响起歌声,两岸林木茂盛;沿岸崛起的城市堆满生活创造的富裕。

印度的母亲河——恒河

# 河的两岸 | 5

河的此岸暗自叹息：
　"我相信，一切欢乐都在对岸。"
河的彼岸一声长叹：
　"也许，幸福尽在对岸。"

## 明　月 | 6

明月说:"我的清辉洒向了人间,
虽说我身上有些许污斑。"

# 宽阔的胸襟  7

墙缝里长出一朵花,
无名无族,纤细瘦小。
林中诸花齐声嘲笑,
太阳升起对他说:"兄弟,你好!"

## 实　践 | 8

马蜂说:"筑个小小的巢,
蜜蜂呀,你就这样骄傲。"
蜜蜂说:"来呀,兄长,
筑个更小的让我瞧一瞧!"

# 左手右手 | 9

不管身躯怎样旋转,
右手在右边,左手在左边。

# 水　草

## 10

水草昂起头说："池塘，请记录，
　　我又赐给你一滴清露。"

# 煤油灯

煤油灯的火苗对泥灯说:
　　"叫我哥哥,扭断你的颈脖。"
说话间皓月升上了青空,
　　煤油灯央道:"下来呀,大哥!"

## 老 少 | 12

"白发竟然比我赢得更大的声望!"
　　黑发想着懊丧地叹气。
白发说:"拿去我的声望,孩子,
　　只要你肯给我你迷人的乌黑。"

# 心 愿

"芒果,告诉我你的理想。"

芒果说道:"具有甘蔗质朴的甜蜜。"

"甘蔗,你有什么心愿?"

甘蔗回答:"充盈芒果芳香的液汁。"

## 议论别人
### 14

鼻子说:"耳朵从不闻气味,
　　　和两只耳环是一个家族。"
耳朵说:"鼻子从不听人说话,
　　　睡觉讨厌地打呼噜。"

# 渔 网 | 15

渔网说得斩钉截铁：

"我不再捞稀泥！"

渔夫叹口气说：

"从此再也捕不到鱼。"

## 对 话 16

"呵,大海,什么是你的座右铭?"
大海回答:"无穷的好奇心。"
"诸山之魁,你为何默默无声?"
喜马拉雅山答道:"这是我永久的无语的反应。"

# 棍子和木条

棍子骂木条：

"你又瘦又细！"

木条骂棍子：

"你胖得出奇！"

## 荒漠和雨云 | 18

荒漠说:"你为贫贱者降下充沛的甘霖,
 我如何报答你的大恩大德?"
雨云说:"我不需要报答,荒漠,
 只要你长出我赠送的绿色快乐。"

# 晨 月

旭日东升，消退了晨月的风采，
  然而晨月语气平静地说：
"我在坠落的海滩等待，
  向喷薄的太阳稽首礼拜。"

## 泥 灯 | 20

"谁来继续尽我的责?"夕阳高声问。
　　沉寂的世界如静画一帧。
　　一盏泥灯奋勇答道:"大神,
　　　　我愿尽力挑起你的重任。"

# 同样的归宿

素馨花说:"我凋落了,星星。"
星星说:"我已完成自己的使命。"
天空的繁星,林中的素馨花,
挂满夜阑的离别的枝权。

# 长颈鹿父子 | 22

　　长颈鹿爸爸说:"孩子,左看右看你的身体,我心里不知不觉少了几分对你的慈爱。前面你的头高得出奇,后面的屁股小得可怜。拖着这样的身子,你怎能走在人的面前?"

　　长颈鹿儿子说:"瞧瞧你自己的蠢样子,真弄不明白妈妈怎么会爱上你!"

# 危 崖 | 23

不要因为危崖很高,
就让你的爱坐在危崖上面。

# 选 择 | 24

我不能选择最佳,
是最佳选择了我。

# 瀑 布 | 25

"我愉快地给了我全部的水。"
　　瀑布唱道,
"尽管对于干渴的人,
其中一小部分就足够了。"

## 镜 子 | 26

望着镜子里的虚形而傲岸
是绝伦的荒诞。

# 青山的遐想 | 27

青山的遐想
化为白云的闲逛。

## 谦逊的时候 28

我们最谦逊的时候,
离伟大最近。

# 纤小的茉莉花

纤小的茉莉花
既不愁苦也不羞惭,
它心里装着的是
鲜为人知的圆满,
它容春天的音讯
在花瓣下静默,
它娴笑着挑起
盛放清香的重担。

# 如大海环围大地 | 30

女人呀,
你以泪水的深澈
环围着世界之心,
犹如大海环围大地。

# 雨 云 | 31

雨云,
把水倒在河流的水杯里,
然后,
藏在遥远的山后。

## 小 草 | 32

小草啊,你的步子虽小,
但你拥有你步履下的土地。

# 飞鸟和云彩 | 33

飞鸟希望变成一片云彩,
云彩希望变成一只飞鸟。

## 在天空一隅的云彩 | 34

云彩谦虚地站在天空的一隅,
黎明为她戴上灿烂的朝霞。

# 弓与箭 | 35

弓在箭射出之前轻声对箭说：
"你的自由是我的。"

## 根须和枝条 | 36

根须是地下的枝条,
枝条是空中的根须。

# 真理会被关在门外

如果你把所有的错误关在门外，
　　真理也会被关在门外。

## 秋云的充实 | 38

我是秋云，
罄尽了雨水。
在成熟的稻田里
看见了我的充实。

# "最佳"从不独自走来

"最佳"从不独自走来。
他走来
由参差不齐的优劣簇拥着。

# 叶片的服务 | 40

果实的服务是高贵的,
鲜花的服务是甜美的,
但让我的服务
成为谦逊的奉献的绿荫里
那叶片的服务吧!

# 系了黄金的鸟 | 41

鸟翼系了黄金,
鸟儿就不能在天空飞翔了。

## 轴心默不作声 | 42

不管轮圈怎样
跳着舞转动，
不引人注目的轴心
总是默不作声。

# 问 答

"哦,太阳,
我应该怎样对你唱颂歌,对你膜拜?"
小花问道。
"以你纯洁而质朴的沉默。"太阳答道。

## 爱情的苦乐 | 44

爱情的痛苦,
像波涛汹涌的大海,
在我生命的周遭吟唱。
爱情的欢乐,
则像鸟儿在树林里鸣啭。

# 处子的心像坚果

像未熟的坚果,
处子,你的芳心
披裹的厚涩的羞怯,
妨碍你献身。

## 权势受到嘲笑 | 46

夸耀自己拙劣行径的权势,
受到
飘落的黄叶和流云的嘲笑。

# 思想和绿叶一起闪光

我的思想和绿叶一起闪光,
我的心在阳光的触摸下欢歌,
我的生命快乐地和万物一起,
飘进天空的蔚蓝,
飘进时间的幽暗。

# 女儿别

## 48

母亲,今日送别女儿,你想起自己的过去,那时你也是少女。命运让你离开母怀,在人世之河中漂向远方。苦乐抹去几多岁月,分离的伤口愈合。今世的卷首——恰似一抹朝霞——在短促的黄昏隐逝于它的金雾。儿时额上纯洁的吉祥痣融入分发线上的朱砂。朱砂割断人生的首篇。那割下的首篇今日又回到你女儿眷恋的眼泪里。

# 吻 | 49

　　唇的耳鼓回萦着唇的絮语,两颗年轻的心互相轻轻抚摸——恋人的爱情离家踏上征途,在热吻中携手向圣地跋涉。爱的旋律激荡起两朵浪花,溅落在那四片缠绵的唇下。强烈的爱恋是那样急切地想在身躯的边缘久别重逢。爱谱写恋歌以华丽的言辞——唇上层层叠起战栗的吻痕。从双唇摘下一束爱的花朵,编织成花环归去何必匆忙!四片柔唇长久甜蜜的交合,是情侣笑容的辉煌的洞房。

## 胴　体
### 50

　　脱去,脱去缠绕胴体的纱丽!只披赤裸的人体之美的大氅,只穿太阳女的金灿的霓裳。似初绽的白莲,丰润的胴体,片片花瓣闪烁青春的魅力。独自伫立在神奇的凡世,让融融月光沐浴你的全身,让南风萦绕你尽情嬉戏。像点缀繁星的裸露的乾坤,你沉浸于无边无际的蔚蓝。让无形体的爱神见胴体显露,羞赧、垂首,以袖掩面。让纯净的朝霞布满大千世界,赤裸的胴体无羞而圣洁。

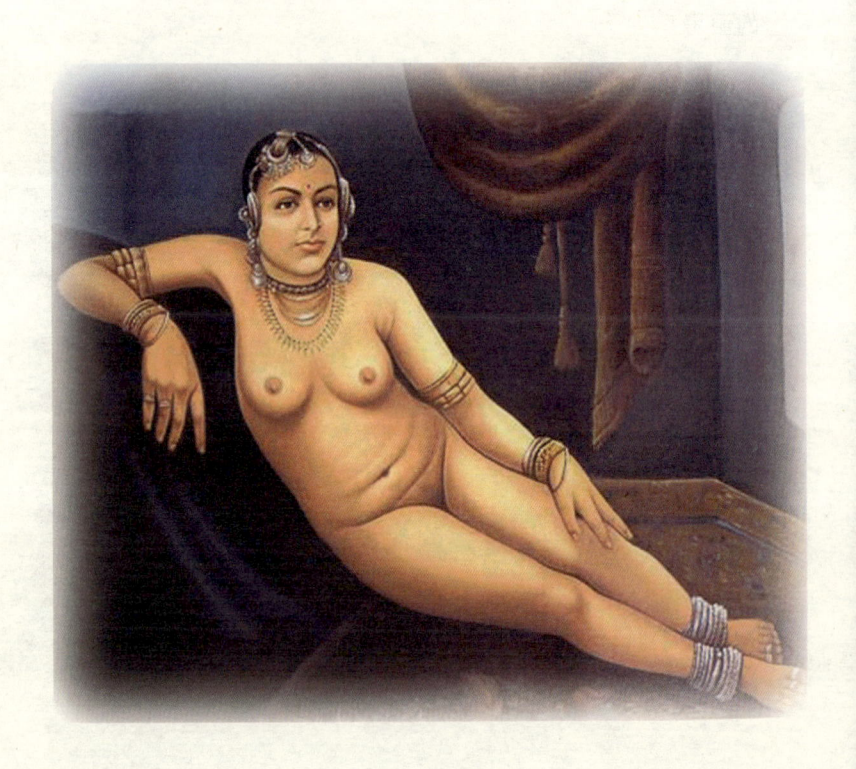

# 丰 乳 | 51

　　在青春的春风的徐徐吹拂下,少女心底纯正、甜柔的爱欲在胸前开出两朵娇嫩的鲜花,琼浆似的幽香令人心荡神迷。柔情的澄澈细浪昼夜不停地拍击轻烟迷蒙的心湖的沙滩。聆听情笛的召唤,含羞的芳心欲冲出躯体,寻找外界的缠恋,乍遇阳光,猛地收住脚步——满面绯红,往衣襟后面躲藏。生长的爱情之歌一天天成熟,应和着心律庄重热烈地奏响。看,那是处子的神圣殿阁;看,那是母亲特有的莲花宝座。

## 梦,心灵的水晶

梦,我心灵的流萤,
梦,我心灵的水晶,
在沉闷漆黑的子夜,
闪烁着熠熠光泽。

# 只计算瞬息的蝴蝶

蝴蝶活着
不计算年月,只计算瞬息,
时间对它来说,
是无比的充裕。

## 梦 鸟 | 54

魆黑的睡眠的洞穴里，
梦鸟筑了个巢，
收集喧嚣的白日
那遗留的破碎的话语。

# 火花 55

火花奋翼,
赢得瞬间的韵律,
满心喜悦,
在飞翔中熄灭。

## 我的深爱 | 56

我的深爱
是阳光普照，
以灿烂的自由
将你拥抱。

# 春意催绽满枝新叶

春意挣脱
冻土昏睡的缧绁，
似闪电疾驰，
催绽满枝新叶。

# 曙 光 | 58

在黑沉沉无底的
静夜的海面，
像漂浮的彩色水泡，
曙光无限地伸延。

# 云彩是岚气的山脉

云彩是岚气的山脉,
山脉是岚气的云彩,
怀着莫名的激情在日月的梦中,
跨越一个个朝代。

## 旭 日

### 60

姹紫嫣红的鲜花般的霞光
一朝消逝，
洁净的圆果似的旭日
光荣地升起。

# 等候曙光归来

夜似别绪萦怀的思妇
以袖遮掩着脸腮，
焦灼不安地
等候曙光归来。

## 凄清的巢里 | 62

不可言说的苦恼
孤单地栖于
幽寂梦魂的浓影下
凄清的巢里。

# 爱情是心灵的食粮

春天沉迷于花香，
爱情是醇美的酒浆；
花期结束以后，
爱情是心灵的食粮。

# 游戏室 | 64

颓败的凯旋门
訇然倾圮，
废墟上，孩子们
在建造游戏室。

# 苏醒的朝日

**65**

拂晓时分，
空中，苏醒的朝日
把新鲜的生命
射向新辟的天地。

## 欢乐曾遨游天际

天幕上
我没有镌刻飞行的历史,
然而,
我的欢乐曾遨游天际。

# 冷 笑

树下，爱慕阳光的绿荫
满面羞臊。
饶舌的树叶告诉鲜花，
鲜花一声冷笑。

# 萤火虫 | 68

夜空的繁星
闪烁造物主的笑容，
衔来人间的是
生命短暂的萤火虫。

# 高 山 | 69

云压雾锁，
高山坚定地矗立着。

## 离情之灯 | 70

让离情之灯
日夜放射
回忆欢聚的不灭的柔光。

# 古木 | 71

古木
挑着悠悠流年，
像一个浓缩了的
宏大的瞬间。

## 花朵好似微语

花朵
好似微语,
周遭的绿叶,
犹如凝固的静寂。

# 神庙 | 73

大路尽头
没有我朝拜的殿堂，
我的神庙
矗立在村径的两旁。

## 哦,爱情

哦,爱情,
你若捐弃怨恨,一味宽宥,
那是严厉的处罚。
哦,妩媚,
你若受重击而沉默,
那是不堪的卑下。

# 苦恋之火

苦恋之火
在情感的彼岸
划过的轨迹
分外璀璨。

## 晶亮的胸饰

露珠的眼里,
丽日是晶亮的胸饰。

# 暮 空 | 77

白日将逝，
暮空面对落日，
拨着由晚星缀串的念珠
诵念咒语。

## 夕阳染红的田野

夕阳染红的田野
像个熟透的果子。
薄暮乍降的黄昏,
正伸手去折摘。

# 真理之河 | 79

真理之河
流过它错误的沟渠。

## 蜜蜂采蜜 | 80

粉蝶有纠缠
亭亭玉立的芙蓉的闲工夫,
蜜蜂嗡嗡地采蜜,
四季忙碌。

# 征 帆 81

鼓满
征帆的长风的背后，
枉然
追赶着河岸之心的啼哭。

## 永恒的光明 | 82

日光把金色的诗琴
赠给恬静的繁星,
让它们
弹奏永恒的光明。

# 无声的含义

幽会的午夜,
大地品味着
笑吟吟俯视的明月
那细语无声的含义。

# 平原支撑着江河 | 84

皑皑冰雪
覆盖山冈沟壑，
平原支撑着
雪水汇聚的江河。

# 含苞欲放的素馨花

凝望初升的太阳,
　　含苞欲放的素馨花
喃喃自语:"我几时开放,
　　也像太阳那么硕大?"

## 柔弱的灯火 | 86

让我静听
你窗前柔弱的灯火
操着夜阑幽寂的情琴
弹的是什么音乐。

# 海洋哽咽

森林
把香花献给皓月，
海洋
为自己的渺茫而哽咽。

# 蝙 蝠 | 88

蝙蝠一有机会
就大声嚷嚷：
"你们知不知道
我的敌人是太阳？"

# 爆 竹 | 89

爆竹咧着嘴说：
"诸位，我多么勇敢，
'砰啪'飞上夜空
用灰抹黑明星的脸。"

## 阳光的极限 | 90

阳光的骄傲
洒遍九天，
在草叶上
一滴朝露里
发现了自己的极限。

# 低下头去 | 91

名声如果高于实际，
真实的你就低下头去。

# 把痛楚当作明珠

当爱情
把痛楚当作明珠,
痛楚便是幸福。

# 云天的吻雨 | 93

云天的吻雨,
绿原转给花儿。

## 点燃灯烛 | 94

自己点燃灯烛,
照亮
自己选择的道路!

# 倾吐芳思

花儿藏在绿荫里
向南风倾吐芳思。

# 心灵之星 | 96

闪射理想之光吧，
心灵之星！
把光流注入明天的
暮霭之中。

# 祝福幼苗

黎明,
红艳艳的朝阳
俯视、祝福
幼苗的成长。

## 欢翔的鸟儿

欢翔的鸟儿
在寥廓的苍穹
不用字母写下
一串串心声。
我的思绪
飞行,啼啭,
双翼的欢愉
流出笔端。

# 果实的心里

花期结束，
花的绚丽
化为甘汁，
躲在果实的心里。

## 心曲的泪泉 | 100

是哪颗陨星
坠入我的心房,
使我心曲的泪泉
汩汩流淌?

# 情曲的回忆

片时的情曲,
万年的回忆。

# 蒙面的幽泉

绿树隐匿,
山峰旋隐旋出,
漫漫云雾
透出迷人的奇幻。
但闻蒙面的幽泉
叮咚,叮咚,
万象犹如造物主
凝固的指令。

# 绿叶上的故事

春雨
写在绿叶上的故事，
冬季飘落，
与泥土融为一体。

## 思恋的电光 | 104

思恋的电光
从眼射向眼——
秘密的使者
由心儿派遣。

# 不同情调的乐曲 | 105

手擎"已知"的苇笛,
未知
吹着不同情调的
乐曲。

## 正视荆棘 | 106

愿欣赏鲜花的眼睛
也正视
他人视而不见的
荆棘。

# 细浪的交语

大海一次次以浮沤
记录、揩去
它欲领悟的
细浪的交语。

## 泄露繁星的情语

通宵，
苍翠的树林里，
花蕊泄露
繁星的情语。

# 赠给林荫清脆的诗行

你是春天的飞鸟，
赠给林荫清脆的诗行。
蓝天欲借你的歌喉，
把一首情歌高唱。

## 专一的爱 | 110

你的完美
是一笔债，
我终生偿还
以专一的爱。

# 黄昏之舟 | 111

白天的时辰逝去,
肩扛繁忙的重荷;
黄昏之舟载来光影,
载来彩色的诱惑。

## 弯弯的新月 | 112

地平线上
弯弯的新月，
好似宝石的
一缕光泽。

# 痛苦之灯

点亮痛苦之灯,
照亮贫瘠的心原!
永世晶洁的宝石,
兴许蓦然发现。

## 金色花 | 114

远方海岸湿润的暖风，
春天掠过此地的海滨。
晨空熊熊地燃起五彩火焰，
金色花四周荡漾生意的波澜。

# 晨曦的双目微启 | 115

晨曦的双目微启，
旭日的额上，
夜的离别之吻——
启明星，闪闪发光。

## 荷叶手掌上的题词

荷叶摊开手掌,
接受太阳的题词。
黄昏,太阳落山,
一瞬的题词在哪里?

# 林花盛开 | 117

晨鸟歌唱
不知道歌声是摆在
朝日前的心灵的供养。
林花盛开，
不知道绽放是对
朝日的膜拜。

## 花苞口含诺言 | 118

花苞口含
林野
悠长的诺言。

# 红霞为草叶妆饰露珠

天空漫开清润的曙色,
红霞为草叶妆饰露珠。
为之呈献渴慕的浏亮中,
降下了迎迓朝阳仪式的帷幕。

# 爱情色彩缤纷 | 120

爱情的原始光华
凭纯洁的力量遍布青天,
降落人间,霎时间
色彩缤纷,形式丰繁。

# 爱情的欢愉

爱情的欢愉
只有几瞬，
爱情的痛苦
伴随终生。

## 香气泄露藏身之地

香气泄露了
花儿的藏身之地，
情歌袒露了
春梦掩盖的芳心。

# 爱情花的字母

爱情用花的字母
书写的名字,
花落,回归。
岩石上凿刻的
坚固的妄想,
石崩,消亡。

## 讽刺太阳非常容易 | 124

讽刺太阳
非常容易,
它已在自己的光中
裸露了自己。

# 春神的使者

春神差遣的使者，
姗姗来迟，
背负着流逝岁月
沉重的叹息。

## 和风问荷花

和风问道:"告诉我,荷花,
什么是你的奥秘?"
荷花回答:"在我的中间,
奥秘是我自己。"

# "完美"绽放花朵 | 127

真理的阳光
照亮理性的高天。
爱情的甘露
滋润焦枯的心田——
生活之树
结出善行的硕果,
"完美"的枝条
缀满芳香的花朵。

## 心海卷涌出珍珠 | 128

情愫的泪波
从心海卷涌出
晶莹的珍珠。

# 落水的花朵 | 129

落水的花朵
不要去捞，
任它驾着波浪
轻松地远漂。

## 弃世的梦鸟 | 130

沿着心空
朦胧的边际，
弃世的梦鸟
展翅远飞。

# 希望的大厦 | 131

地面上厄运的旧楼
訇然坍塌，
晴空矗立起
希望的大厦。

## "美"的琼阁

肉体早晚是一撮黄土，
心灵的璧玉
长存
"美"的琼阁。

印度阿姆利则金庙

# 为孔雀担忧 | 133

麻雀
为孔雀彩翎的重负
而担忧。

## 不可削斫真实 | 134

不可为唱人的赞歌
而把真实削斫!

# 美的长链

花萼黑暗的胸腔里,
幽居的花瓣
含笑绕着
舒展的美的长链。

## 金灿的晨曲

当天宫打开了
漆黑的大门，
朝霞哼着金灿的晨曲
拾捡疏星。

# 花的绚丽在果实心里

花期结束,
花的绚丽
化为甘汁,
躲在果实的心里。

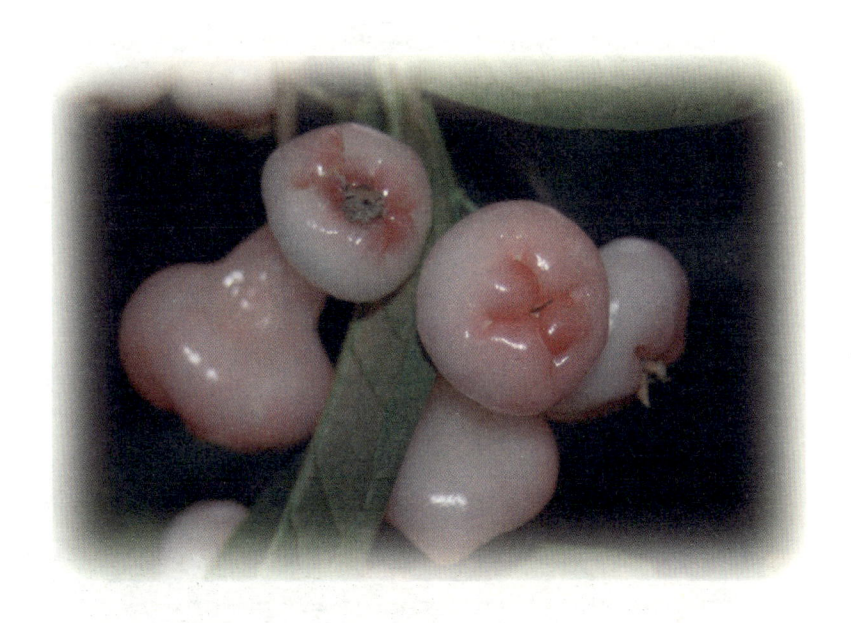

## 暖融融的祝福 | 138

含苞待放的花儿
出生的枝头，
每日太阳亲自抹上
暖融融的祝福。

# 遗忘了的悲痛

我遗忘了的悲痛
在心底
梦境的溟濛的海滨
变成一颗明星。

## 萌发新绿 | 140

召唤逝去的归来
是白费精力,
让泪水浸泡回忆的枯枝
萌发新绿!

# 一双纤足在小径上走过

隐逝的小径上的芳草，
这记忆的塑像是泥土的佳作——
悠远的一个早春，
一双纤足在小径上走过。

## 谐音的对联

天堂、人间共写
谐音的对联，
上联用阳光
写在澄洁的蓝天，
下联用彩笔
写在翠绿的平原，
素雅的茉莉花
把晶莹的韵脚加添。

# 暮 云 | 143

暮云擦去
夕阳写在它身上的名字
悄然隐逝。

## 始 末

### 144

终端说:"总有一天万物绝灭,
　　肇始啊,那时你的自豪分文不值。"
肇始心平气和:"兄弟,哪里是终点,
　　哪里又衍生开始?"

# 不把姓名写在天幕

彻夜
遍洒银辉的星斗，
不把自己的姓名
写在天幕。

## 喃喃絮语 | 146

树林是大地
对正在聆听的天堂的
喃喃絮语。

# 让生命鲜花一样绚丽

让生命
像夏天的鲜花一样绚丽，
让死亡
像秋天的树叶一样静美。

## 把世界读错了 | 148

我们把世界读错了,
反倒说
世界欺骗了我们。

# 我们彼此是相爱的

在梦里
曾以为我们互不相识。
苏醒了才知道，
我们彼此是相爱的。

## 大神还没有失望

每个出生的孩子都带来
这条信息——
大神对人类还没有失望。

# 生命之灯 | 151

让你生命之灯的光华的
祝福
在黑夜的昏迷中积蓄
彻悟!

## 万世长存 | 152

太阳不在碧空
遗留足印——
不停地行走,因此
万世长存。

# "不足"苏醒

成功之时如果
垂首,
心底幡然醒来昏眠的
不足。

## 不管彩虹多么宏丽

不管横架云天的彩虹
多么宏丽,
我还是喜欢我国土上
蛱蝶的纤翼。

# 名誉的高处 | 155

我登上顶峰,
发现名誉那贫瘠荒凉的高处
没有我的栖身之所。
我的向导啊,日光消失之前,
引导我进入宁静的山谷,
让我人生的收获
在那儿成熟为金色的智慧。

## 不 朽 | 156

让死者
拥有不朽的声誉,
让生者
拥有不朽的爱情。

# 给暮空以色彩

从其他年月飘进我生活的乌云,
不再落下雨水,不再引来风暴,
但给我夕阳正下垂的暮空以色彩。

## 燃烧的木头 | 158

燃烧的木头吟唱道:
"火焰是绽放的花瓣,
是我鲜红的升华。"

# 生命之岛 | 159

灿亮的生命之岛四周，
日夜翻涌着
死亡之海的无尽的歌曲。

## 我已爱过 | 160

哦,大千世界!
我去世时,
把"我已爱过"这句话
存放在你的沉默中吧!

# 赠梅兰芳

认不出你,亲爱的
你用陌生的语言蒙着面孔,
远远地望去,好似
一座云遮雾绕的秀峰。

# 赠徐志摩 | 162

亲爱的,我羁留旅途,
光阴枉掷,樱花已凋零,
喜的是遍野的映山红
显现你慰藉的笑容。

# 赠林徽因

蔚蓝的天空
俯瞰苍翠的森林，
它们中间
吹过一阵喟叹的清风。

# 我有一个中国名字

我访问过中国,
东道主在我前额的吉祥痣上
写了"你是我们的知音"。
陌生的面纱不知不觉垂落了,
心中出现永恒的人。
出乎意料的亲密开启了欢乐的闸门。
我起了中国名字,穿上中国服装。
我深深地体会到:哪里有朋友,
哪里就有新生,哪里就送来生命的奇迹。

印度总统普拉蒂巴·帕蒂尔
在上海南昌路为泰戈尔铜像揭幕